Inhalt

72. Kapitel

Schwarze Flügel

|

003

73. Kapitel

Weiße Flügel

|

037

74. Kapitel

Das Versprechen

|

079

75. Kapitel

Wieder zuhause

|

121

Bonus

|

160

Nachwort

|

161

Zu scha-de.

Dann ist die Schatzsuche wohl vorbei.

Ihr seid schon wieder drau-ßen?

72. Kapitel

Das ist langwei-liger als gedacht.

Kein Grund zu schmol-len.

Wir können es noch richtig krachen lassen.

Ach ja?

Wir können es ja mal austes-ten.

Pfrscht

Sehe ich wie eine Dame aus, die sich von Teu-felsgesindel befriedigen lässt?

Plck

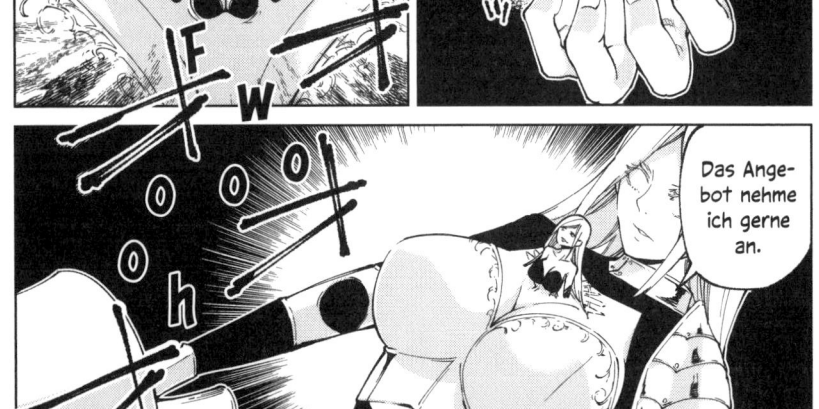

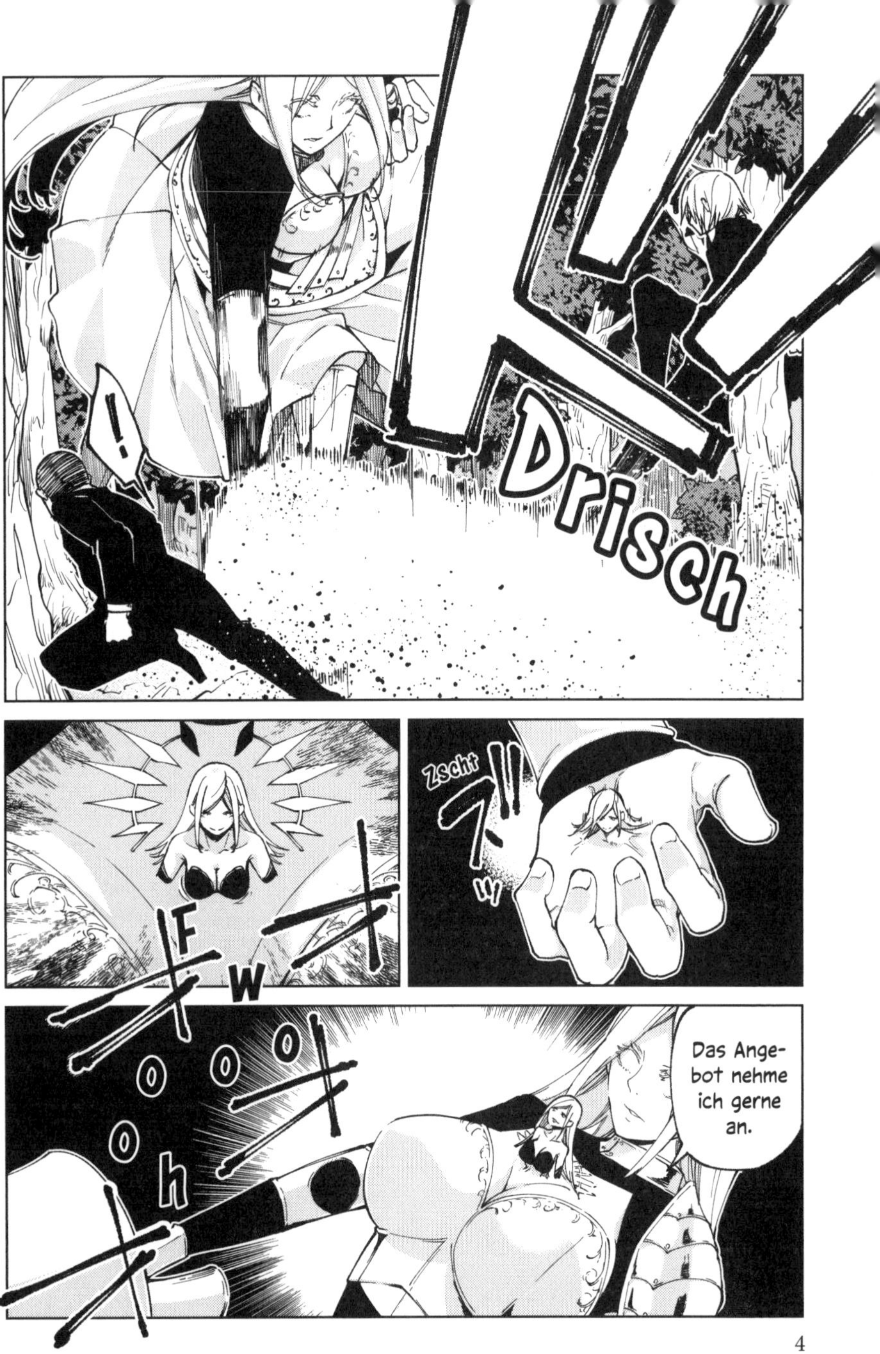

Drisch

Das Angebot nehme ich gerne an.

Knirsch

... wenn das das Level ist ...

Knirsch

... dann werden wir eben- bürtige Gegner sein!

Bwaaah

Niedere Dä- monen- brut!

Knack

Knack

Knack

Scheint so, als könn- ten wir uns noch etwas zusammen amüsieren!

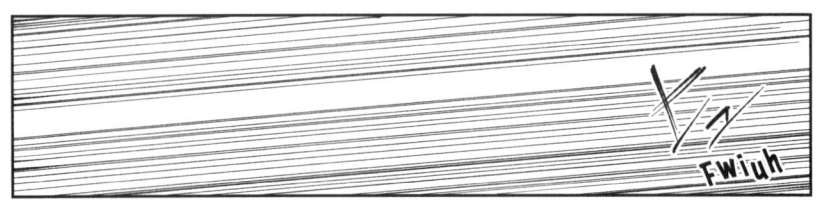

Fwiuh

Tschaah

... werdet von mir zertreten!

knack

Ihr Käfer ...

72. Kapitel

Schwarze Flügel

Alles okay?

Wir sollten schnell los.

Glaube schon.

Ja.

Puh ...

Sie geben wirklich alles.

...

Okay ...

Das geht auch mich was an, klar?

Tut mir leid.

Das ist alles nur we- gen mir passiert.

Du willst wissen, wie man die Flügel akti- viert?

Na dann, los ...

Wie oft soll ich es noch sagen?

Das mag sein, aber wir haben keine Wahl.

Ja, wahrscheinlich.

Du stellst dich zur Verfügung ...

... aber es könnte bei dir anders als bei den Engeln laufen.

Ja, erklär es mir.

Okay ...

Oha, na dann zeig mal.

Ja, tue ich.

Erinnerst du dich daran, wie du deine Flügel ausgebreitet hast?

Bei dir hat das vielleicht die größten Auswirkungen gehabt.

Srrrt

...!

Srrrt

... und das Nervengewebe sprießt von innen nach draußen.

Es fühlt sich so an, als würde mein Körper sich ausweiten.

Srrrt

Mein Rücken wird wärmer ...

Äh ... Häh?

Kaum zu fassen, dass du es damit versucht hast.

Oje.

Nein.

Wir sollten hier eher von Gefühlen sprechen.

Ver- stär- ken?

Mit deinem Wil- len. Deiner Entschlos- senheit ...

Du musst sie nur noch ver- stärken, um deine men- tale Energie zu stabi- lisieren.

Nein, ei- gentlich hat das Poten- zial.

Denn die Art und Weise, wie du es versuchst, geht schon in die richtige Richtung.

Aber was ...

Du musst ver- sucht haben, durch deinen Willen Berge zu verset- zen.

Was hast du da- mals ... ... gefühlt und ge- dacht?

Ich erinnere mich.

Da dachte ich nur, ich müsste irgendwas tun.

Beim ersten Mal hat Lilly geweint.

Als ich in den Bauch gestochen wurde

...

... dachte ich, wenn ich hier falle, geht es zu Ende.

Ich dachte daran, was mit Lilly geschehen würde.

Beide Male hat sie ge- weint.

Das wollte ich nicht mit ansehen.

Und beide Male stand auch sie an mei- ner Seite.

Ich wollte, dass sie stets lächeln kann.

13

Lillys Lächeln ...

... ist so unglaublich niedlich, ich liebe es.

Nh ...

Da
sind
sie!

Krrz!!

Krrz!!

Ich glau-
be kaum,
dass wir
gegen sie
ankom-
men.

Aber
erwarte
nicht zu
viel.

Das ist
natürlich
ein Pro-
blem.

Ich
könnte
es schaf-
fen, den
Rest zu
vernich-
ten.

So
wie es
jetzt ist,
haben wir
zu weni-
ge, ja.

Aber
Schwester
hat immer
noch acht
Flügel
über.

Was soll's, gehen wir es an.

Ich hoffe auf bombastische Unterstützung von dir!

Natürlich.

Patt LO

Mach dir keine Sorgen.

!

Ja ...

Fwaaah

Vorhin, als ich in den Bauch gestochen wurde, sind die Flügel doch hervorgekommen, oder?

Ja, stimmt.

Könnte sich nicht auf eine ähnliche Weise die Macht der Flügel auch auf mich übertragen?

Dann verschwand einer der Flügel und meine Wunden wurden geheilt.

Dann ...

In den Unterlagen von Eine stand etwas dazu ...

Ja!

Moment mal ...

Ich habe mal davon gehört, aber weiß nicht, wie das geht.

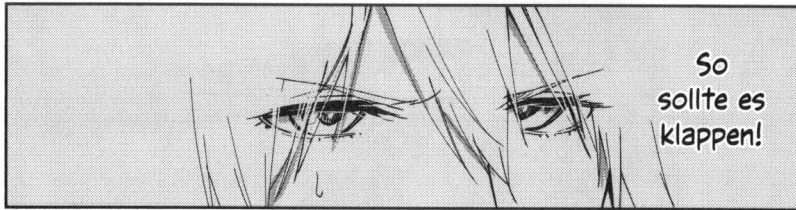

So sollte es klappen!

Zeig mir, wie das geht!

Obacht!

Wenn du deine Grenzen ignorierst, kannst du deine Kräfte überreizen.

... aber du solltest darauf gefasst sein, einen Rückstoß einzustecken!

Du magst es vielleicht gewöhnt sein, dich zu übernehmen ...

Je länger du sie einsetzt, desto höher wird auch das Risiko.

Schaah

Na schön ... so ist es dann.

18

Ich werde es trotzdem tun!

Schaah

Schaah

Schaah

Masatora!

Ich werde dich mit allem unterstützen, was ich hab!

Ja!

Okay ...

... wollen wir?

Gnn Loooa

Krrz

Krrz

Schlängelt euch durch die Bäume!

Nicht zurückschauen!

Hartnäckiges Biest!

Hng!

Zschah

Zschah

Zschah

Zschah

Zschah

Ayano-koji?!

Was ist denn, wenn ihr es bis dahin schafft, hm?

Guten Tag, Aya-nokoji.

Hi hi ...

...!

Krsch

Lieber sparst du dir das Gerede und ich zermalme dich direkt.

Ach, was soll's, lass es sein.

Und magst du mir erklären, wie ihr es geschafft habt, den Turm zu verlassen?

Was gibt es da zu lachen?! Ich werde dich wie einen Käfer zerquetschen!

Nh ...

Bwaaah

Rette Ayano-koji!

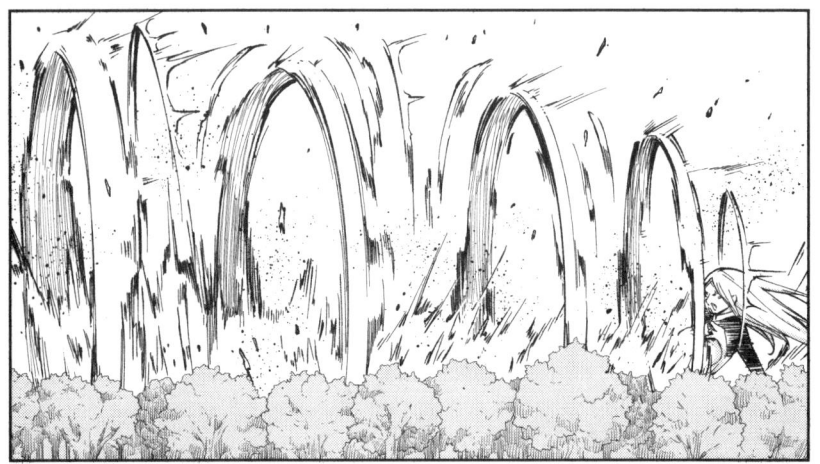

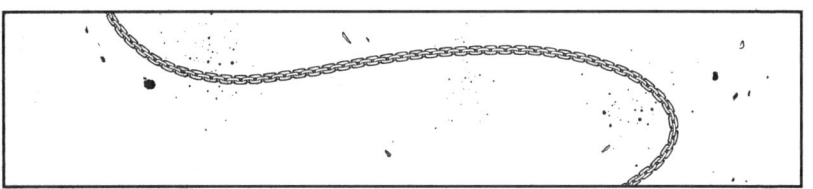

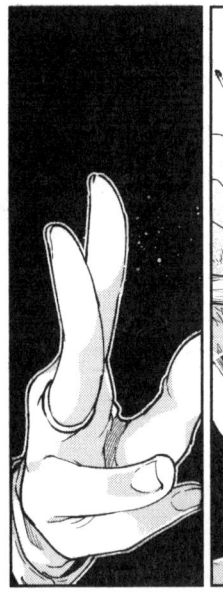

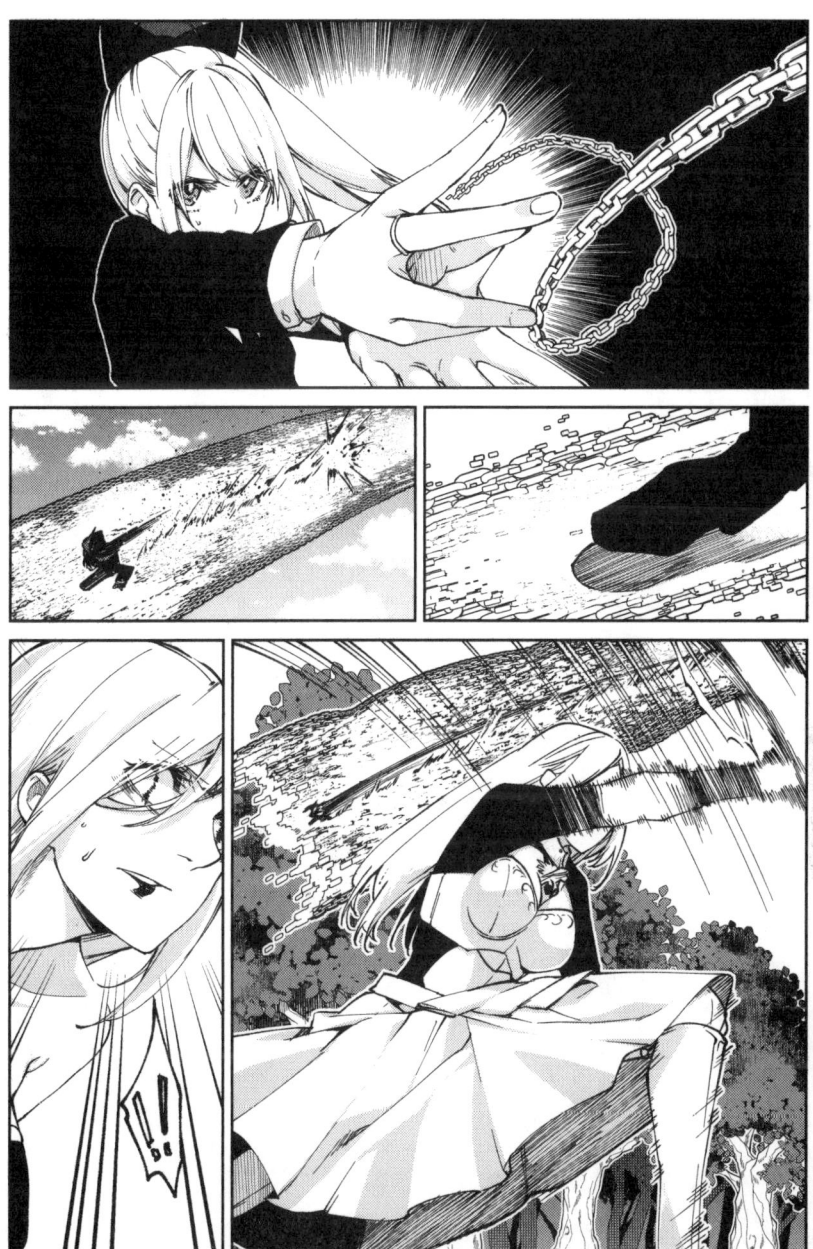

32

So groß
bin ich ge-
worden.

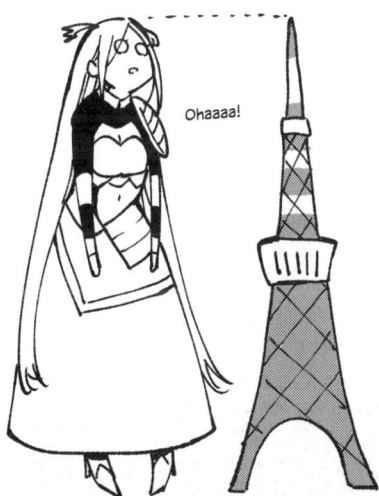

Ohaaaa!

Die mit dem Teufel tanzt

73. Kapitel

Weiße Flügel

Ma...
Masa-
tora?

Ist es
vorbei?

Da... Das war unglaublich!

Puh

Ich bin bei Bewusstsein.

Alles scheint okay zu sein.

Pfft

Jo.

Ja, ist es.

Und bei dir ist noch alles dran?

Masa-tora!

Masa!

Dosch

Du solltest dich nun besser ausruhen.

Zwei!

Das ist ein Rückstoß wie aus dem Bilderbuch.

Ich habe keine Kraft mehr ...

Das war wohl doch zu viel für mich, was?

Wer wurde hier bitte besiegt?

Du hast Eine besiegt und damit Großes vollbracht.

Dass ihr meine Walküre besiegen würdet ...

Hah

Nicht schlecht, Zwei ...

Ihr scheint jedoch an eure Grenzen gekommen zu sein.

Hah

Hah

Mein anderer Bruder wird mein sein.

... und der ganz offensichtlich schon ange- kratzt ist ...

...

dann

...

Wir konnten nicht alle Flügel aus- löschen!

Aber wenn sie nur noch einen hat ∞

Frsch

Fort mit euch dort!

Willst du dieses Schwert wirklich gegen mich richten?

Dass du so schamlos hervorgetreten bist, war ein Fehler!

... müssen wir die Chance nutzen!

Y?

Pltsch

Weißt du was, Zwei?

Bwaaah

... kann ich mitmischen, selbst auf kleinstem Raum.

Tamm

Auch jetzt noch ...

?!

Doschumm

Watsch

Zschrr

"!ㄴ>"

Was
...?

Pfft
♩,O

Nein
...

♩,O
刀
Plip

!

Zschrr

Und das Ass sollte man erst ...

Zssch

Zssch

Zssch

Zssch

Hah

Ich ... wollte das ... nicht ...

Hah

Zssch

Zssch

Zssch

Zssch

Zssch

Das ist der Kerl, der Lilly entführt hat!

!!

... zum Schluss aus dem Ärmel ziehen.

Zwei ist schuld, weil er so merkwürdige Gestalten mitgebracht hat.

Bitte verzeih, Ayano-koji.

Damals schon?

Ich habe ihn bei unserem ersten Treffen in dir platziert.

44

GWWPP

Komm zurück.

Es reicht ...

GWWPP

Hah

Hah

Hah

Wisst ihr ...

...

Zzsch

Zzsch

Zzsch

Zzsch

Das ist der Beweis, wie stark meine Gefühle für meinen Bruder sind.

Aber sein Körper ist fragil und bekommt schnell Risse.

An seinen Fähigkeiten gibt es nichts zu beanstanden.

Ich wollte ihn meinem Bruder so ähnlich wie möglich machen.

... er ist die erste Marionette, die ich je erschuf.

Die Marionette zerbricht schnell wie meine zarten Gefühle.

Also ließ ich viel Macht in ihn fließen.

Tapp

Tapp

Gnn

Gnn

46

Pfft

Aber du solltest ...

... sie aus- halten können, nicht wahr?

Gnn

Gnn

Gnn

Nh ...

Mein Bru- der?

Still und brav sein ist die einzig akzeptable Option.

Wie sehr wollt ihr uns noch stören?

Pffa

mmm

Es macht mich nicht glücklich, von einem Engel gemocht zu werden.

Ach ja?

Auch wenn sie ein Dämon ist ...

... habe ich Gefallen an ihr gefunden.

Ich liebe dich doch!

Vor allem deine schwarzen Haare.

Sei nicht so ein Spielverderber.

Aber ...

Du hast dich doch nur in meine Haare verliebt, oder?

... diese Worte haben schon völlig ausgereicht!

Was ist passiert?

Sie bewegt sich plötzlich nicht mehr?

Und das ist ... die Tür zu unserem Haus?

Es schneit?

Wieso schneit es im Himmel?

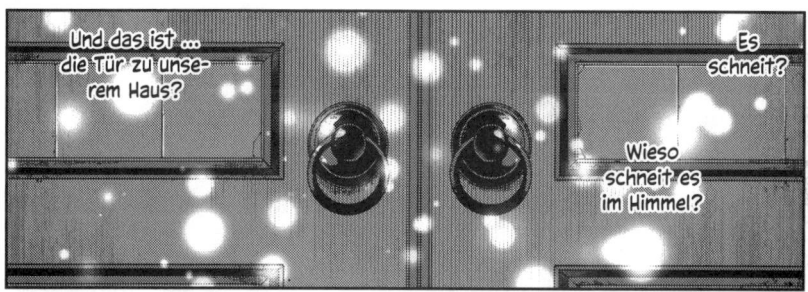

Die Anspannung, die ich an jenem Tag fühlte, als sich die Tür knarzend öffnete ...

... und dort ...

Nein.... ich will mich nicht erinnern ...

Ich ...

... erinnere mich an diese bedrückende Atmosphäre.

Kwieh

Kwieh

Kwieh

Kwieh

...
mein Vater
stand, der seinen
Lebenswillen ver-
loren hatte.

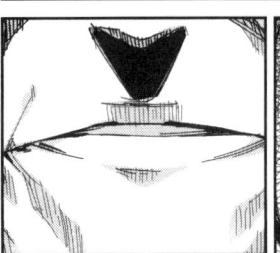

Er
sagte
...

Dein Bruder
ist gestorben.

56

Bis dahin werde ich weiter hier verweilen!

Hah

Hah

Hah

Was tut ihr Meisterin Eine an?!

Ihr ...

P f w a a a h

Zzs

57

Wieso bewegt
sich mein Körper
einfach nicht?

Lilly ...
Ayane ...

Wieso
nur ...?

Krrsz

So landen
wir wieder
auf dem
absteigen-
den Ast!

Obwohl die
beiden sich
so anstren-
gen, kann
ich nichts
tun!

Hey.

Fft

Was sollen
wir tun, wenn
ich nicht ge-
hen kann?

Ich hab es geschafft, es dir zu sagen!

Ich ... bin du. Oder so?

Du ... Was willst du?

Ach, das ist gerade unwichtig.

Aus meiner Seele?

Ich komme aus einer versteckten Ecke des Gedächtnisses deiner Seele.

Wenn du geschwächt bist, ist es für mich einfacher, mich zu zeigen.

Ich bin real.

Mist, jetzt halluziniere ich auch noch.

Willst du, dass ich dir helfe?

Mach dir darüber jetzt keine Gedanken.

Wieso?

Weil die andere Hälfte versiegelt ist.

Weil ...

...

Was glaubst du, wieso du nur auf einer Seite Flügel hast?

!

Aber natürlich will ich etwas im Gegenzug.

Für Lilly und das Mädchen sieht es brenzlig aus.

Auch, wenn kaum Zeit bleibt.

Aber ich werde dir für einen Moment die Kraft geben.

Egal, was die Bedingungen sind, ich akzeptiere sie.

Lilly ist in Gefahr!

Laber nicht unnötig rum.

Die Bedingungen sind ...

Also gib mir endlich diese Kraft!

Du fackelst nicht lange.

!!

Das hätte ich mir von meinem gefallenen Engel-Selbst denken können.

Patt

Die Bedingungen sind auch nichts allzu Tragisches.

...!

...eine Bitte an dich.

Ich habe eher...

Aaaah!

Batsching

Ayane!

Glonk

Ich werde euch beide auslöschen!

Was fällt dir ein, mich daran zu erinnern?!

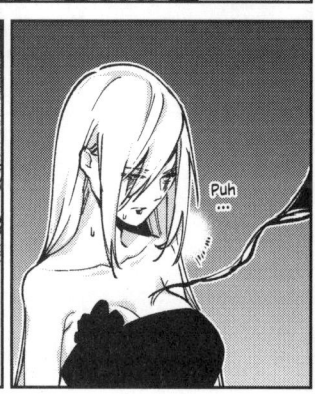

Puh ...

Macht euch auf was gefasst!

Bwaaah

Das sind zu viele auf einmal!

Nh...

Die Marionette greift auch an!

Masa-
tora
...

!

Bruder, du solltest dich doch nicht mehr bewegen können!

Du bist spät dran ... Masa ...

Tut mir leid, dass es so lang gedauert hat.

Klar.

Danke, dass du uns so unterstützt hast.

...

Aber sag mal, was ist das denn?

Ich glaube an dich.

Kümmere dich um den Rest, ja?

69

Sst

Sst

Sst

Sieht ganz schön cool aus.

Danke an euch zwei.

Die hab ich mir ausgeliehen.

Okay ...

Überlasst den Rest mir und ruht euch aus.

Schaah

D...
Diese
Flügel
...

Ich
werde
dich
erlö-
sen!

Nein! Du
bist doch
eigentlich
ein Teufel!

Grrk

Ich
habe eine
Bitte.

Zschah

Hng!

Bamm

Sie ist wegen mir so komisch im Kopf geworden.

Ein-che... Eine, meine ich ...

...

... aber irgendwie ist sie total durcheinandergeraten.

Eigentlich ist sie ein anständiges Mädchen, etwas nah am Wasser gebaut ...

Nur ganz kurz ...

Ein kurzer Moment ...

Es reicht nur ein kleiner Moment.

Wenn sie die sieht, wird sie es verstehen.

Daher will ich dir die andere Hälfte ... meine Flügel ausleihen.

Aber ich kann sie auf diese Weise nicht mehr retten.

Ich müsste mich dafür persönlich bei ihr entschuldigen.

...
in dem du
lieb mit ihr
umgehst.

Bitte.

Ich möchte,
dass du ihr
meine Gefüh-
le mitteilst.

Das ist
mir schon
genug.

Nh
...

Gut.

Ich
mache
das.

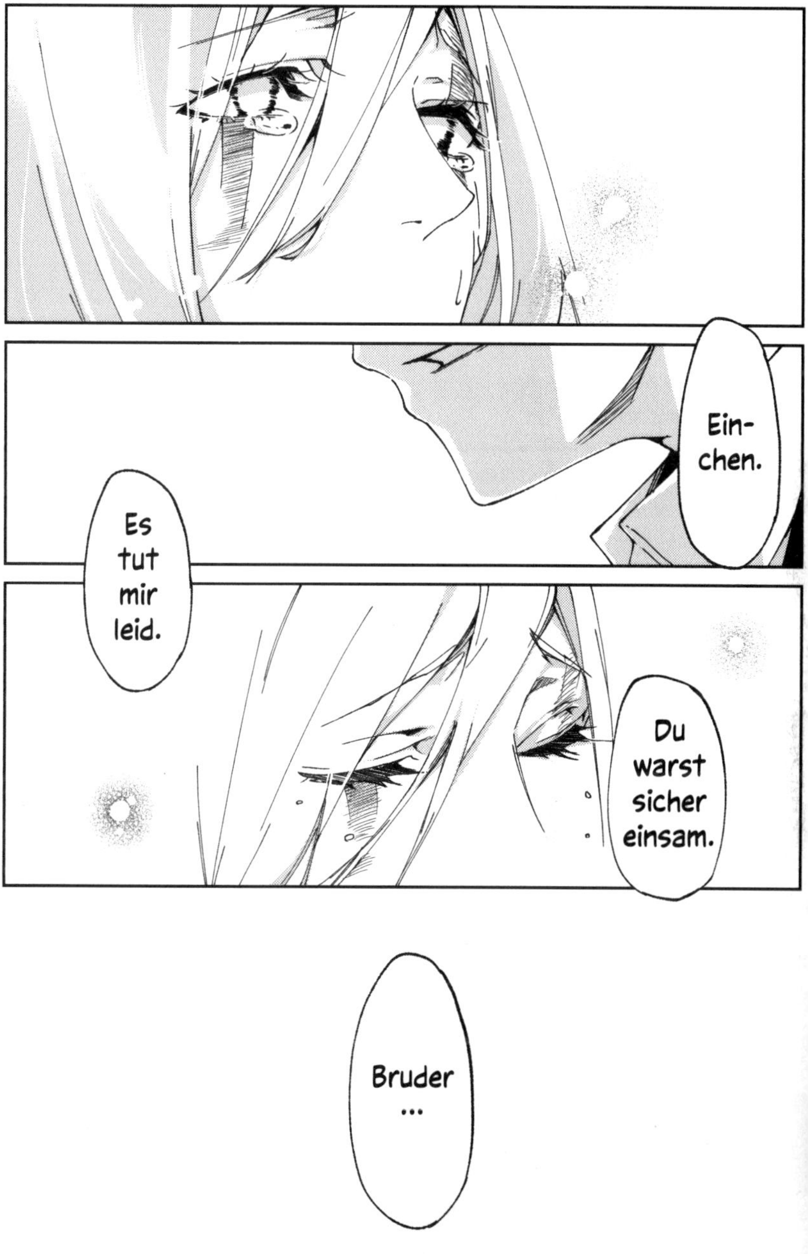

Ein-
chen.

Es
tut
mir
leid.

Du
warst
sicher
einsam.

Bruder
...

Guten Tag!
Ich bin das Nasen-
bluten von Ayane.

74. Kapitel

Das Versprechen

Habt ihr es geschafft?

Obwohl sie sich so sehr gewehrt hat, ging es dann doch einfach mit der Kapitulation.

Bruder!

Hff ...

Was habt ihr getan?

...

Aber ich will heim, damit es ordentlich behandelt werden kann.

Ihr doch auch?

Eine Marionette hat mich schon verarztet.

Auch wenn es noch wehtut.

Zwei, deine Hand!

Es wäre besser, wenn wir uns verkrümeln.

Ja, wir haben ziemlichen Trubel verursacht.

Oh ...

Was ... ... ihr wollt schon gehen?

Was willst du denn?

Ich habe ... allerdings eine Bitte.

Denkst du wirklich, wir können dir trauen?

Ich schwöre, dass ich ihm nicht schaden werde.

... ich möchte kurz allein mit ihm sprechen.

Mein großer Bruder ...

82

Ich habe mich auch so lange gefragt ...

Masatora ...

Mir ist das egal.

Das siehst du doch auch so, oder, Zwei?

Ich habe gespürt, dass es da eine schicksalhafte Verbindung geben muss.

... diese Marionette dir so ähnlich sieht ...

... warum dieser sogenannte Bruder ...

Lilly ...

Wir haben kaum Zeit, aber ich sage dir, so viel ich kann.

...

Das denke ich.

Was mit euch passiert, was geschehen sein mag ...

Wäre es nicht besser, wenn wir das endlich aufklären?

... und der Grund für diese lächerliche Marionette.

Der Grund, wieso du mir so ähnlich siehst ...

Wegen mir ist sie so komisch im Kopf geworden.

Deswegen ...

... sei bitte lieb zu ihr.

Fwaaah

Nh...

Das ist ja atemberaubend.

Bru-der!

Der Tisch ist gedeckt.

Dan-ke.

Sst

Wir haben dich erwartet.

Als wir beide Stiefgeschwister waren.

Ja.

Klopf Klopf Klopf

Bruder?

E... Eine?!

Klatter

Und ...

Trotz dessen warst du lieb zu mir.

Rumpel

Rumpel

Alles okay bei dir?

Klatter

Puh ...

Ja, alles gut.

Du galtest als sehr geistreich.

Aber am meis-ten freute ich mich, wenn du ...

...
dich
mehr um
mich als um
alle anderen
gekümmert
hast.

Je-
doch
...

...
an
jenem
Tag
...

Gnn

...
wenn wir
nicht an
jenen Ort
gegangen
wären
...

...
damals
...

! Warum erzählst du mir was?

Der Kosename, mit dem du mich gerufen hast ...

Be- stimmt was?

...

Als du mich so gerufen hast ...

Und du hast mir sei- ne Flügel gezeigt.

Außer mei- nem Bruder hat mich nie jemand so genannt.

Außerdem dachte ich, deine Erinne- rungen könnten vielleicht zu- rückkommen ...

... wenn wir über alte Zeiten reden.

... merkte ich, wie mein Kör- per an seine Grenzen kam und habe ka- pituliert.

Sst

... ist, weil ich dich fragen wollte ...

Der Grund, wieso ich mit dir reden wollte ...

... warum du mich damals zurückgelassen hast ...

... und zu dieser Frau gegangen bist?

Wieso hast du nicht mich auserwählt?

Woran hat es mir gemangelt?

Sie bohrte sich in mir fest wie Dornen.

... ließ mich die Frage nicht los.

Nach deinem Verschwinden ...

Ich brauche nichts. Nicht mal den Ring.

Wenn du Erbarmen mit mir hast ...

... dann bitte ich dich!

Aber das ist mir egal.

Für eine erbärmliche Frau!

Du hältst mich sicher für eine dumme Schwester.

Komm zurück an meine Seite!

Meint ihr, wir hätten ...

... Masa gehen lassen dürfen?

Das klingt vielleicht komisch ...

Was meinst du damit?

... dachte ich, wie schön es wäre, dich als gefallenen Engel zu sehen.

... als ich dich darum bat, mit in die Hölle zu kommen ...

!

... aber anscheinend war ich mal ein gefallener Engel.

Ma...
Masa-
tora!

Ähm
...

Masatora
war mal ein
Engel ...?

Außerdem
...

Er wusste vielleicht
einfach nicht, wie er
damit umgehen muss,
wenn er früher ein
Engel war und seine
Kräfte als Dämon
anders sind.

Du musst
präziser
sein.

Ich finde
das schon
nachvoll-
ziehbar.

Er meinte ja
von Anfang an,
dass seine Kräfte
für einen Teufel
zu wünschen
übrig ließen.

4. Kapitel

Die schwarzen Flügel, die aus ihm erwuchsen, als er erfuhr, dass er Eines Bruder sein soll

...

Zschah

...

sind auch Überbleibsel seines Engeldaseins.

Verstehe ...
So kann das also auch ablaufen.

Was

...

... ist dann mit mir, die keine Flügel hat ...

... obwohl sie ein Engel ist?

Geht es dir denn gut, Lilly?

Passt schon.

Ayane!

Kannst du wieder aufstehen?

Wäre schön ...

... wenn Masatora bald wieder zurück ist, nicht?

Was denkst du über das Ganze?

Ja ...

Ähm, ich ...

... soll in den Himmel, hm?

Dann ...!

Oh, ich danke dir.

Mit meinem Einfluss ist dies das Mindeste, was ich tun kann.

Ich kann auch arrangieren, dass es für dich keine Einschränkungen geben wird.

Genau!

Ich kann das nicht tun.

Aber ich verzichte.

Ich muss mich bei ihnen erkenntlich zeigen.

In der Hölle gibt es viele Leute, die mich unglaublich unterstützt haben.

Indem ich hergekommen bin, habe ich vielen Sorgen bereitet.

... muss ich weitsichtiger denken.

Dieses Mal ...

Wieso nicht?

Dann muss ich mich auch dementsprechend verhalten.

Krrr

Ich bin immerhin ein vornehmer, geistreicher Kerl, schon vergessen?

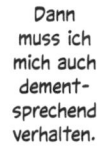

Ganz genau.

Ja.

Diese Teufel kannst du doch getrost außen vor lassen!

Aber das sind doch nur irgendwelche Dämonen!

Es geht ...

... um Teufel so wie mich.

Deswegen weiß ich auch nicht, wieso er dich damals verlassen hat.

Er ist aber anders als in deinen Erzählungen.

Angeblich haust er in einer Ecke des Gedächtnisses meiner Seele.

Er mag ab und an hervorschauen und reden, wie ihm der Schnabel gewachsen ist.

Ich mag vielleicht einst dein Bruder gewesen sein.

... wieso ich mich entschuldigt habe.

Er ist auch der Grund ...

Weil er deinen Kosenamen verwendet hat, konnte ich ihn mir merken und sagen.

Er hat mich nämlich darum gebeten.

Deswegen kann ich, ein Teufel, deine Bitten nicht erhören.

Aber ich glaube nicht, dass ich das kann.

... bat auch darum, dich zu retten.

Oh, die zweite Marionette ...

Grr...!!

Wenn irgendwann der Kampf zwischen Himmel und Hölle vorbei ist ...

... dann wird es vielleicht so weit sein.

Wir hätten das niemals zugelassen.

Aber du weißt es selbst, oder?

... hätte ich alles nehmen sollen, bevor seine Macht in dir erwacht ist.

Wenn dem so ist ...

Deine Worte mögen streng klingen, aber es ist ganz, wie er gesagt hat.

Kuller

Kuller

Kuller

Kuller

Eigentlich bist du eine offenherzige Person.

Nh ...

Masatora! Ähm ...

?

Ich mag nicht in den Himmel gehen können ...

... hätten wir Eine niemals besiegt ...

... und noch weniger hätten wir es geschafft, uns zusammen gegen sie aufzulehnen.

Diesmal bin ich daran schuld, dass alle da mit reingezogen wurden.

Wenn wir deine Kräfte nicht gehabt hätten ...

Raschel

Sst

... will ich diese Kraft ...

Damit ...

... aber du solltest Lillys Bann aufheben ...

Wenn ...

... du nichts Grausames mehr machst ...

... und dich entschuldigen.

Dann wird dir vergeben.

Bis dann.

Liebe Grüße auch an deine Marionette!

... dann in der Menschenwelt, auf der Erde.

Bruder ...

Nein, falsch.

Ich bin Masatora Akutsu.

Klatter

Ein einfacher Teufel.

111

Sorry fürs Warten!

Da ist er wieder!

Oh

Mh!

Masatora...

Okay...

Ich habe ihn ihr gegeben.

Zschah

Tun wir nicht!

W... Was redest du?!

Ihr versteht euch aber gut!

Hm?

Ihr mögt zwar einen ganz schönen Trubel verursacht haben ...

... aber ich kann sie davon ablenken.

Eine!

!

Ich verabschiede euch noch.

Zwei ...

!

Au- ßerdem ...

... und Lilly ...

Sst

Es tut mir leid, was ich euch Grausames angetan habe.

Ich will mich von Herzen dafür entschuldigen.

Ich werde euch nie wieder anrühren.

A... Aber ...

Die paar Worte sollen ausreichen?

Was soll das jetzt?!

Ist dir bewusst, wie sehr du mich verletzt hast?

Krrz

113

Und ich hatte große Freude dabei!

...dumm gelaufen, was? Mein Teufel und die Freunde an meiner Seite sind stark, oder?

Die haben deine inkompetente Marionettenplage zu Hackfleisch verarbeitet! Komisches Gefühl, hm?

Es gibt kein größeres Amüsement für mich, als zu sehen, wie die Person, die mich so lange unterdrückt hat, sich dermaßen erbärmlich und weinerlich zeigt!

Auch wenn ich nichts dazu beigetragen habe!

Dann verabschiede uns mit Respekt und geh uns aus den Augen, du Dösel!

Das geht in deinen Kopf, oder?

Sonst wirst du wieder auf die Fresse kriegen. Meine Freunde haben's nämlich drauf!

Jetzt, wo du's auf die harte Tour gelernt hast, rührst du uns nicht mehr an, klar?!

Schwester.

Ich bin wirklich eine schlimme Frau.

Hah ...

Wenn wir nur früher miteinander gesprochen hätten, hätten wir das eine oder andere vielleicht verhindern können.

Aber leider hatte ich so eine Angst vor dir und war deshalb wie gelähmt.

Um ehrlich zu sein ...

... hätte ich schon früher etwas für Lilly tun sollen.

Wir haben viel zu wenig miteinander kommuniziert.

Deshalb ...

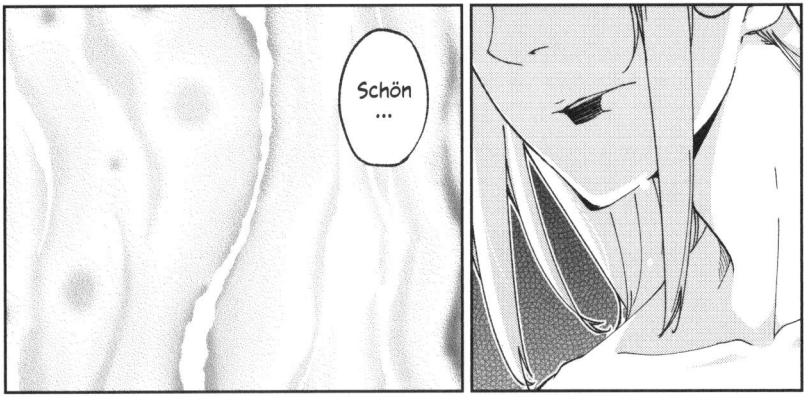

... werde ich bald wieder zurück sein.

Und dann bringe ich An- denken mit.

Braves Mädchen.

Halt den Mund!

Du hast wirklich dein Bestes gegeben!

Schön ...

Ich
freue
mich
da-
rauf.

Was
ist?

Zitter

Zitter

Zitter

Zitter

Zitter

Ihr seht nicht aus, als ob ihr zurückwolltet!

Klette r

Anders als die Lügnerin Ayane hier!

Ich bin aber auch am Ende!

Ayane ist nur auf seinem Rücken, weil sie nicht mehr laufen kann!

Bitte? Wovon redest du?!

Genau das! Ich schaff das nicht mehr!

Waaaaaaaahr

Kaum zu fassen, dass ich mal der gleichen Meinung wie ein Dämon bin ...

Ich werf euch gleich runter ...

Lilia? Warte ...!

Grapp

Meisterin Lilly, ich werde Euch Beistand leisten!

Die mit dem Teufel tanzt

Prost!

Klang

Was ist los, Lilly?

Nichts...

Zuck

Zuck

J... Ja.

Hach, ich bin froh, dass wir sicher wieder zu Hause sind.

Pommes frites bitte

Oh, und Ketchup und Mayo dazu.

75. Kapitel

Wieder zu Hause

...aber warum wolltest du in eine Karaokebar gehen?

Das ist doch wohl offensichtlich.

Ayano-koji, cool, dass du so schnell diese Party organisiert hast...

Ach, im Himmel war es doch auch sehr angenehm!

Da fühlt man sich wieder lebendig.

Schön warm hier.

Aber so, wie Masatora schon das Mikro rannimmt ...

Wenn wir quatschen würden, wäre das ja auch kein Problem.

Okay!

Stimmt schon.

Na ja ...

Über alles Mögliche.

Dann lege ich direkt los!

!

Tschack

Hier kann man sich besser unterhalten als in einem Restaurant oder so.

Hm?

O... Okay.

Hi hi hi

Kein Grund, sich so zu stressen.

Lass uns doch noch etwas reden!

Wa... Warte, Masa!

»Kann es sein, dass du das noch nicht verstanden hast?

Ja?

Und dann sagte er ...

Wegen der Hand.

Ich wollte mich nämlich gestern auf dem Rückweg noch bei Zwei entschuldigen.

122

Es macht mich auch nicht glücklich, dass sich ein Dämon bei mir entschuldigt.«

Pfft

Sie muss sich also nicht entschuldigen.

Ayanokoji wurde von Eines Marionette kontrolliert.

Genau wie sie ...

Pfft

Pfft

Gemein, oder?

Boah ...

Wenn du Courier danken willst, kannst du ihr aber gerne Bescheid sagen.

Nein, mein Stolz würde das nicht zulassen.

Wenigstens ein einziges Mal sollte dir doch möglich sein!

Sie lässt aber nicht locker.

Hm? Da fällt mir ein ...

Wirk-lich?

Oh, mir ist auch was passiert.

Ja, zum Glück konnte Herr Shiromura uns helfen.

Was war das bitte?

Vor dem Zimmer haben uns doch deine Marionet-ten ange-griffen.

Zuck

Patt

Ja.

Echt?

Eine hat erfah-ren, dass ich ein Dämon bin.

...

Ich dachte, wenn sie erfährt, dass sie ein Dämon ist, verliert sie das In-teresse.

Ich hatte nicht damit gerechnet, dass sie sich so an Ayanokoji klammert.

Des-wegen musste ich auch Courier dazu-holen.

Ich hatte keine andere Wahl!

...

Bruder?

e

e

e

i

w

K

h

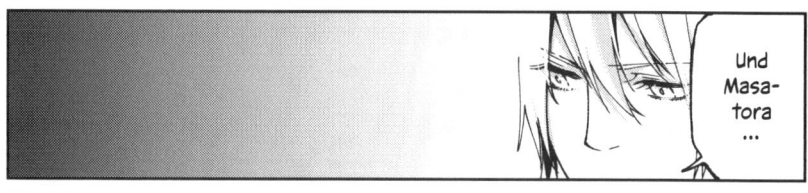

Und Masatora ...

... dich wollte ich zu Schwesters Opferlamm machen.

Seither trug ich diese Unsicherheit in mir.

... habe ich seine Flügel gesehen.

Als ich das erste Mal gegen Masatora kämpfte ...

Wovon redest du?

Wieso das denn?!

Für dich, Lilly.

Opferlamm?

Da habt ihr's.

Ich hatte mich gefragt, ob er nicht unser Bruder als gefallener Engel sei.

Und dann ist es passiert.

Ich habe mich dir angenähert, um das genauer beobachten zu können.

Von einem Dämon, der Flügel trägt, hatte ich außerdem noch nie etwas gehört.

Ich habe mehr, als mir lieb ist, über unseren Bruder erfahren.

Ich war mir sicher, sie würde sauer sein und Lilly damit in Gefahr.

Doch plötzlich mischte sie mit, und ich bekam Panik.

Bis dahin hatte Eine nur aus der Ferne zugesehen.

Ich wollte ihr einen Handel vorschlagen und uns mit dir unsere Freiheit erkaufen.

... aber glücklicherweise hatte Eine versucht, ihn wiederaufzuerstehen lassen.

Die Ähnlichkeit würde Eine sicher als indirekter Beweis ausreichen.

Ich hatte keinen Beweis, dass du tatsächlich der ältere Bruder bist ...

Deswegen habe ich es riskiert.

Alles, was ich wollte ...

... war, Lilly zu helfen.

Bis zu dem Punkt, wo ich dich angestachelt habe, mit in die Hölle zu kommen, war ich erfolgreich.

Aber am Ende bin ich gescheitert.

Ich wollte in dem Chaos das Ganze beenden und fliehen.

Courier und die anderen haben dich und Lilly immer wieder getrennt.

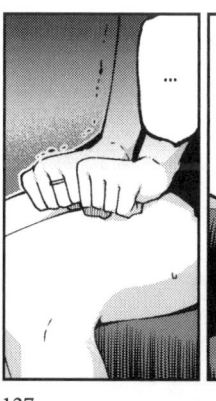

...

Der kam wirklich aus dem Nichts.

Aber ich rechnete nicht mit unserem Lehrer.

Und dass wir einzeln in das Zimmer kamen, passte mir sehr gut.

Ich dachte mir schon, dass wir getrennt agieren.

Hast du wirklich gedacht, dass mich dein Plan glücklich machen würde?!

Nein.

Wie töricht bist du eigentlich?!

Was soll dieser selbstgefällige Plan bitte?

Aber ich bleibe bei dem, was ich sagte.

Auch, dass du mich hassen würdest.

Dessen war ich mir bewusst.

Wenn das so geendet wäre, hätte ich ...

Wieso machst du das alles?

!

Alles, was ich tun wollte, war, dir zu helfen.

Lilly.

Grapp

Schon gut.

Sehr
freund-
lich.

Heißt
das, du
vergibst
mir?

Paff

Wer
spricht
davon?

Es
bringt
nichts,
ihn zu
beschul-
digen.

Zwei-
schwinger
hat sich auf
seine Weise
Sorgen um
dich ge-
macht.

129

Ich werde mich irgendwann gebührend dafür revanchieren.

Okay, na gut.

...

Damit soll es fürs Erste gegessen sein.

So ganz überzeugt bin ich nicht.

... ich dachte wirklich, dass ich betrogen werde.

Mh?

Aber ...

...

Hmpf

Hmpf

Oh, das heißt wohl ...

Ja, ist doch wahr!

Hä?

Gut, Lilly. Nur die Jungs lassen sich überzeugen.

Ach, tatsächlich?

Hä?

Ja.

Da bin ich ganz bei dir.

100Hits

... dass eine angemessene Bestrafung ansteht!

Elegant

Vornehm

Wieso sprechen sie plötzlich so?

Ladys?

Lass mich überlegen, Lady Ayane.

Lady Lilly, wie sollen wir am besten unser Spiel mit ihnen treiben?

Düt

Düt

Düt

Düt

Hm? Was?

Ich habe den Song schon ausgewählt.

Hier, Masa.

Sing aus voller Lunge!

Lautstärke ist auch eingestellt.

Stimme

MIN   MAX

Runter wie Öl

Dann fehlt noch ...

Tschuck

Mein Bruder ist bereit.

Li... Lilly?

Rassel

131

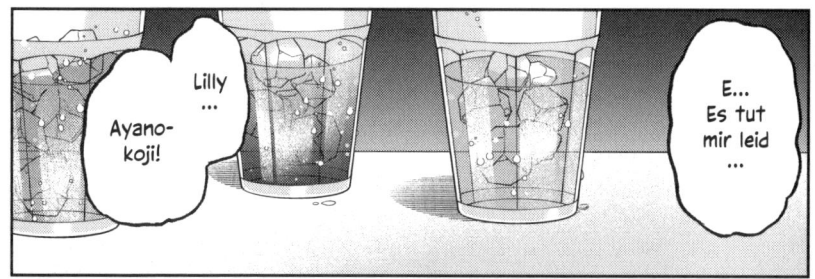

Ayano-koji!

Lilly ...

E... Es tut mir leid ...

Wäre Herr Shiromura doch nur nie aufgetaucht!

Ja, das war echt ein Ding!

Gut, wenn du es verstanden hast.

Dröhn

Dröhn

Dröhn

Dröhn

Ich ... habe über meine Taten nachgedacht.

Setz

Du, Masatora?

Er hat überhaupt nichts von sich erzählen wollen.

Konntest du irgendwas herausfinden, als ihr zusammen rumgelaufen seid?

Ja.

Ich war wirklich baff, dass er ein Dämon ist.

Das mit unserem Lehrer!

Ich auch nicht.

Herr Shiromura!

Aber ...

Mich hat das auch überrascht.

Ich habe das Leben als Dämon an den Nagel gehängt.

Nun lebe ich als Mensch weiter.

Ehemaliger Dämon.

Warum haben Sie uns nie gesagt, dass Sie ein Dämon sind?

Und Vorgesetzter ...

Mehr kann ich nicht sagen.

Ich konnte unter anderem meinen Segen nicht mehr einsetzen.

W... Wieso das denn?

Wenn sie sich in Bewegung setzt, muss man arg aufpassen.

Ja.

Meine Chefin?

Hallöchen!

Liz hatte mich darum gebeten.

...

Aber Sie haben uns aus der Misere gerettet.

134

Das war also eine Ausnahme.

Okay, verstehe.

Pfrzsch

Ihr seid beide echt nicht gut darin, eure Aura zu verstecken.

Als ihr an die Schule gekommen seid, habe ich gleich bemerkt, dass ihr Dämonen seid.

Pfrzsch

Dann wäre da noch ...

...

Solche Küken konnte ich nicht einfach sich selbst überlassen.

Ihr seid immerhin meine Schüler.

Und ich bin und bleibe euer Lehrer.

Vi... Vielen Dank!

Bis dann.

Sie gehen ohne uns?

Sorry, aber ich werde mich hier verabschieden.

Was glaubst du, wie ich es allein hierher geschafft habe, hm?

Seht zu, dass ihr heimkommt.

?

Da fällt mir ein ...

Oh, ja!

Ich habe ein Buch mit dem Bild gesehen.

Kannst du dich an das Bild eines Dämons erinnern, der von einem Engel windelweich geprügelt wurde, das bei der Ausbildung gezeigt wird?

Verstehe.

?

Ach ja.

Und vergesst nicht, die Sommerhausaufgaben zu machen.

Na, egal. Bis bald.

An der Schule machen wir alles wie immer.

Jawohl!

Ich bin's.

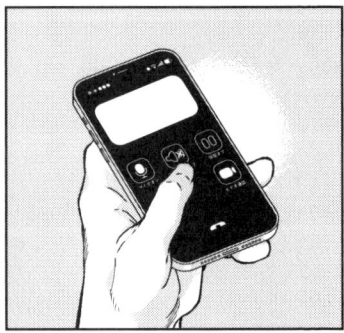

Was, weinst du jetzt etwa?

Es ist vorbei.

Ihnen geht es gut.

Ja.

Dann werde ich mal auflegen.

Ruf mich gerne jederzeit wieder an.

Das war schon immer etwas komisch an dir.

Und bevor ich es vergesse ...

Jaja, ich weiß doch.

138

Hmpf

Auch wenn ...

Wohl wahr.

... wirklich den Arsch gerettet.

Er hat uns ...

Mir wurde das Gehalt gekürzt ...

... ich danach Riesenärger mit der Chefin bekommen habe.

Mir auch ...

Hach ...

Tut mir leid.

Ich auch ...

Schnüff

Schnüff

Nun, ich würde sagen, ihr braucht euch keine Sorgen machen.

Aber?

Bei mir ist nichts passiert.

Und bei dir, Bruder?

Nun ja ...

Das war doch eine ganz schön rasante Aktion.

Be... Bei euch war alles so weit okay?

140

Wir haben alles repariert!

Ich muss aber sagen, dass ich da schon etwas lachen musste.

Na ja, solche Nachrichten zu verschicken, ist für sie noch recht neu.

Sind die eine Renovierungsfirma?

Was das angeht, wurde mir ...

... damit auch sehr geholfen.

Ich hätte nie gedacht, dass ich je mit Eine mal so sprechen würde.

Aaach?

Das war es!

Ähm ... eng auf der Bank hier.

Masa, du hast es drauf.

Aber wenn du das ... nicht getan hättest ...

I... Ist doch egal.

Was ist denn mit deiner Nase passiert?

Warum tust du da so stolz?

Ja, Masatora, wie er leibt und lebt!

I... Ich würde mich auch nicht freuen, wenn da welche wären!

Au!

Fwapp

Batsching

Auch wenn ich keine Gemeinsamkeiten sehe.

Für meine Schwester sahst du wirklich wie ihr Bruder aus.

Dafür muss ich mich bedanken.

... wäre es nie so ausgegangen, denke ich.

Manno, hör auf!

Hier, guck dir das an!

Das meint ihr also!

Oh!

?

Gemeinsamkeiten?

Deshalb habe ich auf dem Rückweg danach gefragt.

Tatsächlich hat mich im Himmel etwas neugierig gemacht.

Was ist denn auf einmal los?

?

Jetzt check ich das!

Aber ich hätte da eine Frage.

Um was geht es denn?

Es tut mir leid.

Ach was, ist schon okay.

Ich habe dir so einige Schrecken eingejagt.

Ayanokoji.

Was war mit diesen Gestalten?

Der sogenannte Ayakashi-Trupp?

Zwischendrin tauchte so eine komische Gruppe von vier Damen auf.

Diese Mädchen sind ...

Die kommen mir irgendwie bekannt vor.

Aber ich weiß nicht, wonach sie ursprünglich gestaltet wurden.

Nachdem er verschwand, wurden sie als Wachen eingesetzt.

... mit diesen Worten freute.

Ich habe sie perfekt reproduzieren können!

Ja. Ich erinnere mich, wie er sich dabei ...

Ach, wirklich?

... Marionetten, die mein Bruder erschaffen hat.

Oh, okay ...

Yippie!

?

Und jetzt merke ich ... ... wie wenig ich eigentlich über ihn weiß.

Warum hat er zum Beispiel sein Buch hastig unter dem Bett versteckt, wenn ich in sein Zimmer gekommen bin?

Und er versteckt es auch unter seinem Bett!

... sahen genau so aus wie die Charaktere aus einem Buch, welches Masa besitzt!

Die Marionetten, die ich traf ...

Eine ...

Blinzel

Ich war eine schlechte Schwester ...

Im Kern ist er ...

Er hat sich also nicht verändert.

Auch als gefallener Engel kauft er das gleiche Buch und versteckt es.

Und das ist die Gemeinsamkeit zwischen dem Bruder und Masa!

Das beruhigt mich. ♪

Ich dachte mir bereits, dass ich die schon mal gesehen habe!

Also das gerade war ja definitiv nicht meine Schuld!

Ugh ...

Ich hab eine Idee.

Da sieht man, wie spezifische Kinks weitergegeben werden.

Tut mir leid, Masa ...

Entschuldige dich nicht, nachdem du mich so entblößt hast!

Bist du etwa ein Masochist?

Halt die Klappe, Schwesternliebhaber.

Ich könnte dir auch die Mädels mal ausleihen.

Ich könnte meine Schuld mit mehr Büchern der Art begleichen.

Du bist pervers, aber auf eine gute Weise, verstehst du?

Hä hä

Ich finde es nicht schlimm, wenn man so starke Kinks hat, dass sie vererbt werden. Das gefällt mir sogar!

I... Ich ...

...

Das ... Das will ich nicht von dir hören!

Warum wirst du so laut? Da krieg ich Angst!

Halt die Fresse! Du hast es doch nur gefunden, weil du mein Zimmer durchsucht hast!

Nicht doch.

Man darf nicht gemein zu Mädchen sein.

148

... wirklich ein Volltrottel!

Nngh!

Du bist ...

Drisch

Lilly hat sich den besten Platz geschnappt!

Hey, Lilly ...

... mein Kopf ...!

Huch, ist es schon so weit?

Ja, alle haben sich versammelt.

Oha, da geht's richtig steil.

Was denn?

Gleich geht's los!

Lange nicht gesehen ...

... Lilly-lein!

Danke fürs Bescheidsagen, Ayanokoji!

Du konntest also deine Familienangelegenheit klären?

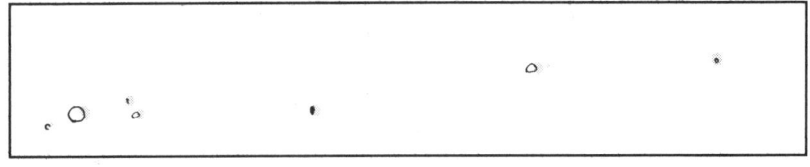

Hast du mich denn dermaßen vermisst?

Huch, was ist los?

Ja
...

Och ♡

Das macht mich wirklich glück-lich.

...

Endlich bin ich wieder da, Yu-kalein.

Will-kommen zurück! ♪

ヴィ～ ヴィ～ ヴ ～ ヴィ～ ヴィ～ ヴィ～
s c h w w w w u u u u h

Klang

ᴅᴅᴅ

Klirr

Hm?

Oh

Was meinst du?

Piep

Schön, nicht?

Ich wollte nicht, dass du mich so siehst.

Ich war nur so überwältigt.

!

Dass du Yuka wiedersehen konntest.

NK BAR

Ich dachte, ich würde sie vielleicht nie wiedersehen.

Ja.

Wir hatten ja damit gerechnet, vielleicht nicht mehr herkommen zu können.

Mach dir mal keinen Kopf.

Das ist schön.

Ver-
stehe
…

Ja.

Blick
チ
ラッ

…

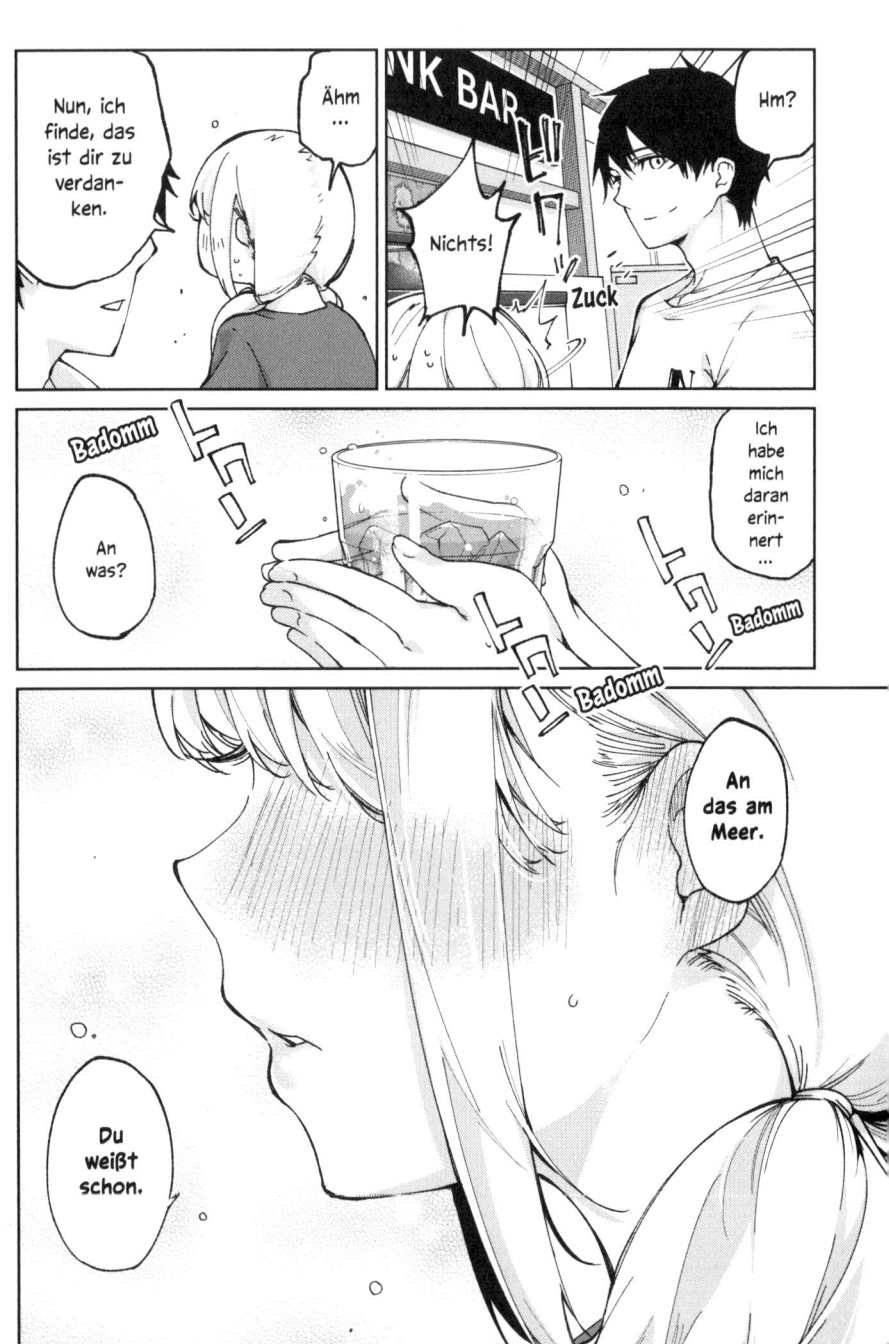

Badomm

... aber wenn du ...

Badomm

Badomm

... jetzt, nachdem das alles ...

... passiert ist, immer noch die Gefühle von damals hegst ...

156

Fortsetzung in Band 17!

Die mit dem
Teufel tanzt

Vielen Dank, dass ihr Band **16** von *Die mit dem Teufel tanzt* gekauft habt!

Das Spin-off, *Eine lüsterne Marionette entdeckt ihre Sexualität* Band 1, in dem Ayanokoji ganz viel vorkommt, ist nun in Japan raus!

Lilias Spezialkampftrupp

Band **16**

Vielen Dank an
euch alle!

Die Synchronsprecher des
Animes wurden bekannt
gegeben! Ich durfte den
Aufnahmen auch mal
beiwohnen!

Ich habe vielleicht
sogar ein paar Tränen
verdrückt.

Natürlich aus
Dankbarkeit!

Ich hoffe, ihr habt viel
Spaß damit!

- Izumi Yukino
- Chi-Chi
- Hal
  - Poko
  - Takeshi Morizane
  - Suimin
  - Naoki Yoshioka

Sawayoshi
Azuma

Tokyo Aliens

NAOE

Akira Gunji führt ein stinknormales Leben ... Zumindest bis ihn auf dem Heimweg von der Schule eine Oma mit Tentakeln entführt. Sie entpuppt sich als Außerirdische, und als ob das nicht genug wäre, taucht plötzlich Akiras Klassenkamerad Sho auf und will die Oma festnehmen? Akiras Leben steht mit einem Mal kopf.

Kemono Jihen — Gefährlichen Phänomenen auf der Spur

Sho Aimoto

In einem ruhigen Dorf ereignet sich ein seltsamer Vorfall. Um diesen zu untersuchen, reist Inugami, ein Detektiv für okkulte Vorkommnisse, aus Tokio an. Im Laufe seiner Nachforschungen lernt er den jungen Dorotabo kennen und merkt schnell, dass nicht nur sein Name unmenschlich ist ...

altraverse

Deutsche Ausgabe / German Edition
Altraverse GmbH – Hamburg 2024
Aus dem Japanischen von Doreaux Zwetkow

OROKA NA TENSHI HA AKUMA TO ODORU Vol. 16
©Sawayoshi Azuma 2023
First published in Japan in 2023 by KADOKAWA CORPORATION, Tokyo.
German translation rights arranged with KADOKAWA CORPORATION, Tokyo,
through TUTTLE-MORI AGENCY, INC., TOKYO.

Redaktion: Anh Tu Nguyen
Herstellung: Merrit Schweyda, Shanice de Sutter
Lettering: Vibrant Publishing Studio

Druck: CPI books GmbH, Leck
Printed in Germany

Alle deutschen Rechte vorbehalten.
ISBN 978-3-7539-2594-3
1. Auflage 2024

www.altraverse.de